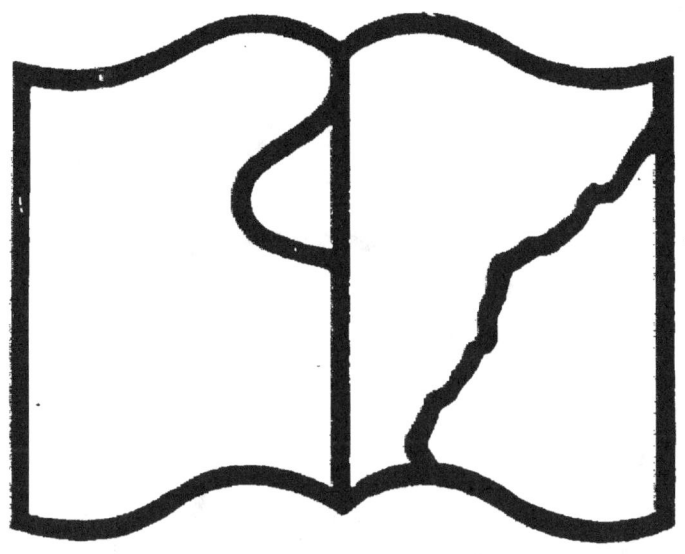

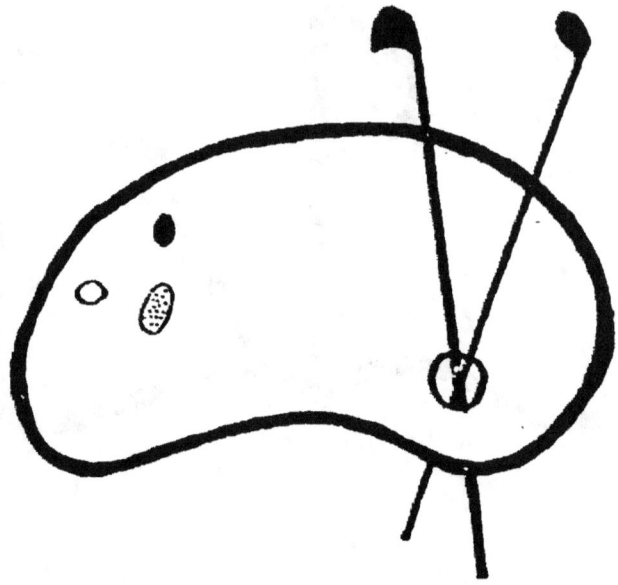

DEBUT D'UNE SERIE DE DOCUMENTS
EN COULEUR

EN VOULEZ-VOUS
DES CANCANS ?

PAR

FIX et JEAN DE LETTRES

GRANDE REVUE LOCALE

En 2 Actes et 1 Prologue

M. V'LENTIN tiendra le rôle de GUIGNOL
M. BERNARDI — — GNAFRON

VERS ET CHANSONS

BLANC, TOILES, LINGE DE TABLE

Maison Eugène JOLY

PLACE DE L'HOTEL-DE-VILLE, 2

Spécialité de linge confectionné

MERCERIE, BONNETERIE, LINGERIE

CHEMISES D'HOMMES, depuis 2 f. 95

Broderie == Lingerie

TOUT LE LINGE ACHETÉ A LA MAISON EST DESSINÉ GRACIEUSEMENT

MAISON SPÉCIALE

POUR LES REMÈDES contre les VERS

Ténias, Vers Solitaires et autres

ET CONTRE LES MALADIES VENERIENNES OU SECRÉTES

CABINET POUR LA DISTRIBUTION DES REMÈDES

le matin de 9 h. à midi, le soir de 7 à 8 h.

La Maison est fermée tous les Dimanches à Midi

Le Remède pour le Vers Solitaire 10 fr., par la poste 11 f. avec le livre

EXPÉDITION CONTRE MANDATS-POSTE SEULEMENT

La Poste ne se charge pas des Remboursements

Adresse télégraphique: Victor TREILLE. St-ETIENNE

Saint-Etienne, imp. de l'Éclaireur, place Paul-Bert, 9.

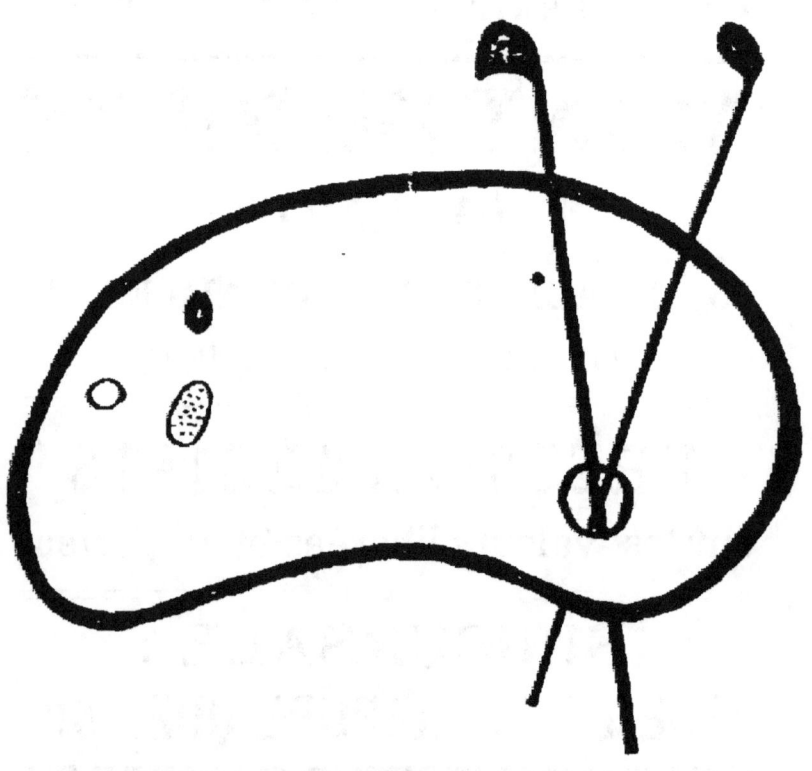

FIN D'UNE SERIE DE DOCUMENTS
EN COULEUR

En voulez-vous.. des Cancans ?

PAR

Fix et Jean de Lettres

GRANDE REVUE LOCALE

en deux Actes et un Prologue

M. **V'lentin** tiendra le rôle de Guignol

M. **Bernardi** tiendra le rôle de Gnafron

VERS ET CHANSONS

1896
IMPRIMERIE DE L'ÉCLAIREUR
9, place Paul-Bert, 9
SAINT-ÉTIENNE (Loire)

L'Affiche de Guignol

GONES ET FENONS

En voulez-vous, z' enfants, de l'Actualité,
De Cancans, de potins, sans gêne débité ?
Ça vaut bien les z'homards ? Pas vrai ? Ben, pour vous plaire,
On vous en donnera tous les soirs. chez Hilaire,
Arrivez donc un peu que je vous cause un brin,
Je vais vous débiter un boniment rupin :
Sachant que vous aimez la bonne rigolade
Où l'on se désopile à s'en rendre malade,
Où l'on blague en riant les choses et les gens,
Je n'ai rien épargné pour vous rendre contents.
Ma nouvelle *Revue* à vos goûts doit répondre ;
On l'a longtemps couvée avant de vous la pondre
Et l'on n'a rien omis pour avoir un succès
Je prétends de l'année y faire le procès.
Je n'épargnerai rien. Gare aux coups de tavelle !
Car les auteurs se sont torturé la cervelle
Pour que l'on y rigole à perdre son faux col,
Et si vous y bâillez je ne suis plus Guignol.
Venez donc applaudir nos fameux revuistes.
Et vous direz après si ce sont des fumistes.

POUR COPIE CONFORME :

JEAN GUIGNOL

ORDRE DU SPECTACLE

Prologue en vers par Guignol

PREMIER ACTE
Place des Ursules

Première scène
Guignol et Gnafron. — Le cocher.

Deuxième scène
La rue Fontainebleau.

Troisième scène
Le vieux Théâtre.

Quatrième scène
Démolitions et constructions.

Cinquième Scène
Le vieil Hôpital et le nouveau.

Sixième scène
Les contribuables et l'impôt.

Septième scène
Dialogue philosophique et moral.

Huitième scène
La réclame.

Neuvième scène
Les camelots.

Dixième scène
Le phonographe

Onzième scène
Saint-Médard et le calendrier.

Douzième scène
Le Lignon.

Treizième scène
Le gaz et l'électricité.

Quatorzième scène
Le vélocipédiste.

Quinzième scène
Le paysan et le cochon.

Seizième scène
Le capteur de chiens.

Dix-septième scène
La suppression des octrois.

Dix-huitième scène
La négresse.

Dix-neuvième scène
Le gourbi Arabe.

DEUXIÈME ACTE
La Préfecture

Première et deuxième scène
Mme Mathevon et Mme Beaulard.

Troisième scène
Le crime de Lyon.

Quatrième scène
Le Conseil municipal.

Cinquième scène
Arton et le Chéquard.

Sixième scène
La pose et la première pierre de la Préfecture.

Septième scène
Les deux rosières.

Huitième scène
Les fleuristes.

Neuvième scène
Sébastien et Borniquand.

Dixième scène
La Presse.

Onzième scène
Le mineur.

Douzième scène
Les élèves de l'École des Mines.

Treizième scène
Le défilé des musiques.

Quatorzième scène
Le carroussel des dragons.

Quinzième scène
Le ruban.

Seizième scène
La prise de Tananarive.

APOTHÉOSE

PROLOGUE

GUIGNOL

En r'luquant ma biuette et mon p'tit sarcifi,
Vous vous dites tout bas : quoi qu'il vient faire ici ?
Quoi qu'il veut pensez-vous avec impatience ;
Ce n'est pas sûrement, la pièce que commence ?
Pourquoi ce lumignon qu'il porte dans la main ?
A la cave, va-t-il souffer-t-un coup de vin ?

Je vais vous expliquer la chose toute entière :
Nous vivons, paraît-il, en un temps de lumière ;
On ne parle aujourd'hui, partout, que d'éclairer.
De nos belles enfants c'est le mot préféré.
Tous, hommes politiq', journalistes, notaires
Connaissent que l'argent. — Il faut que l'on éclaire —
J'apporte ma lanterne ici, tout à l'exprès
Pour vous mieux éclairer, puisque c'est le progrès.
Vers le progrès tout marche et même le fromage,
Donc pour ne pas rester en retard sur mon âge
Je vas détrancaner un chic prologue en vers,
Comme chez Rey-Bono ! C'est pas piqué des vers !

Attention ! je commence ! Avec l'ami Gnafron
Nous connaissons la ville et même l'environ ;
Nous allons vous montrer, à nu, toute l'année
Qui vient que de caner, par les abus vannée.
J'assaisonnerai tout d'un petit boniment.
Seul mon ami Gnafron parlera gravement !
Or, c'est un fait notoire et que chacun répète
Que mon ami Gnafron est un type très chouette.
L'Académie un jour, lui décerna le prix
Parcequ'au grand jamais on ne l'avait vu gris !
La dernière fois qu'on mit le cabinet par terre,
Monsieur Bourgeois voulut le prendre au ministère !

Aussi je me la trotte et je vais le rejoindre,
Si je demeurais plus, vous pourriez vous en plaindre
Et trouver que je suis canulant à la fin.
Alors pour retrouver Gnafron, mon vieux copain,
Je vais prendre un sapin, je reviens et l'on chante,
Et je paye un lapin vivant à la canante
— Cadeau des plus courants, prétend-on maintenant —
Qui n'aura pas, ce soir, rigolé son content.

PREMIER ACTE

PLACE DES URSULES

SCÈNE I

Guignol

Comment ! te ne sais pas ce que c'est qu'un pourboire,
Et je te dis Gnafron ? Mais c'est a n'y pas croire ?
Aujourd'hui, vois-tu bien, faut à chaque moment,
En plus de ce qu'on doit donner un supplément !
Qu'on ait de pécuniaux, qu'on soit dans la débine,
I faut le supporter comme une médecine !
C'est un impôt qu'on paye à plus d'un assoifé :
Aux cochers, aux pip'lets, aux garçons de café.
Qui de leurs doigts crochus tirent notre galette.
Tout comme en son pucier l'avide gigolette !
A ces derniers pourtant, sans que de toi l'on rie
Tu peux donner deux ronds : mais à la brasserie
Quand tu vas boire un bock, avec quelque copain.
Si tu ne donnes pas cinq sous, t'es un lapin.

SCÈNE III

Le Gardien du Théâtre

Quand on construira le nouveau théâtre
Nos contemporains seront décédés
    Et leurs fils peut être.
Il n'y aura plus d'impots aux fenêtres,
Tous les proprios s'ront dépossédés
Quand on construira le nouveau théâtre
Nos contemporains seront décédés.

Quand on construira le nouveau théâtre
On ne trouvera plus un seul vezon
    Dedans les fromages.
Les filles d'alors étant toutes sages
Les rosier'ne seront plus de saison.
Quand on construira le nouveau théâtre
Les rosier'ne seront plus de saison.

Quand on construira le nouveau théâtre
Il n'y aura plus de chéq' ni d'chéquards,
    Plus de tripotages.
On n'entendra plus parler de chantages
Nos impôts seront réduits des trois quarts.
Quand on construira le nouveau théâtre
Nos impôts seront réduits des trois quarts.

SCÈNE IV

RONDE

Démoli, démoli
Là vrai ça n' fait pas un pli
Avec perte et fracas
Tout s' démolit ici-bas.

LE MAÇON

Démolissant les maisons
Les masures aux vieux plafonds
Nous donnons — bien sans pareil —
Du jour, de l'air et du soleil.   *(Refrain)*

GUIGNOL

Toi qui buvais dans le temps
Des d'mi setiers au moins deux cents
Gnafron, avec un litron.
Maint'nant t'es complètement rond.   *(Refrain.*

—

La femme, ainsi que la beauté
Ça pass' vite en vérité
Une telle qu'avait des appas
Devient comme un échalas.   *(Refrain)*

RONDEAU DU MAÇON

J'ai su construire en pierre comme en brique
Maints édific', solides, résistants
Et je connais plus d'un homm' politique
Qui n'a pas pu toujours, en dire autant

Oui, de bâtir, chacun est idolâtre,
Sur les terrains, on place son argent
Et notre temps sera l'âge du plâtre
Pour peu que dure un pareil engouement.
Chaque maison, d'ailleurs, à notre époque
Voit le progrès toujours l'améliorer ;
On jette à bas la puante bicoque
Et Saint-Etienne, enfin, peut respirer.
Nous voulons que le stéphanois respire,
Plus de taudis, mais de sains logements :
En procédant ainsi, c'est pas pour rire,
Les Stéphanois auront de beaux enfants

(En chœur)

Il a bâti en pierre etc...

SCÈNE VI

L'impôt

Je suis né, mes amis, il y a bien longtemps.
Je suis fils de la guerre et des grands conquérants,
Sitôt que je naquis, déja rond comme boule,
J'entendis contre moi récriminer la foule,
Je m'en inquiétai peu, m'occupant de manger,
Tandis que je voyais les monarques changer,
Que j'en ai vu tomber de solides empires !
Que j'en ai vu passer des savants, des martyres,
Des reines, des beautés, des princes, des puissants.
En mon honneur on a versé des flots de sang.
J'ai couté bien des pleurs aux orphelins, aux mères,
Mais je suis resté sourd à toutes leurs prières,
Et je grossis toujours, dévorant tant d'argent
Que je ruine à moi seul la moitié des gens,
Je gonflerai toujours jusqu'à ce que crève
Jusqu'à ce que le peuple un jour se mette en grève
Et se paie à son tour sur ma solide peau.....
Pour se hâter, après, de rétablir l'impôt.

SCÈNE VII

Guignol

Vois tu, mon pauvre ami, dans le siècle où nous sommes
Les jeunes et les vieux, les femmes et les hommes
Tous n'ont qu'un seul désir: amasser du pognon,
Et pour y parvenir tout chemin leur est bon !
Quand la femme est chenuse, elle se fait cocotte;
Pour attraper l'argent dans la rue elle trotte.

Le journaliste, habile à nous faire chanter
A l'endroit qui nous cuit, sait toujours nous gratter:
Et la réclame enfin, la pire gigolette.
Trouve tous moyens bons pour avoir la galette.
On ne la voit jamais se payer de béguin !
De la presse parfois on redoute la main:
Lorsque d'un Portalis la douce voix vous flatte,
C'est pour mieux vous donner après un coup de patte !
Il sait se faire tendre et s'approcher plus près.
Afin de vous voler vos plus profonds secrets,
Et quand il a trouvé le point faible d'un homme
Il faut pour l'attendrir lâcher la forte somme !

Le Calendrier

Air de : *En revenant de la Revue.*

Moi je suis le calendrier,
Je fais un bien triste métier,
Je suis brouillé toute l'année,
Avec mes filles bien aimées
Et grâce à ce maudit barbon
J'e me dispute avec les saisons ;
On n'y comprend plus rien du tout :
J' fais un métier qu'est bêt' comm' choux.
Mais si j' deviens veinard
Et qu' je pince ce pendard,
Je vous promets sur ma parole
De lui flanquer quelques torgnoles
Et son nez vermoulu
Si fort sera battu
Qu'on n' reconnaitra plus
Si, c'est son nez ou bien son *dos*

(En chœur)

Gais et contents,
Cet été mes enfants,
Nous aurons triomphants,
Un ciel de braise,
Sans hésiter
On pourra s'écrier
Viv' le Calendrier
A la française.

SCÈNE XII

Gnafron

Cré nom de nom, Chignol, j'aime bien la vinasse
Et j'en ai lichoté, déjà, plus d'un tonneau.
Est-ce à dire qu'il faut qu'ici bas l'on se passe,
Sauf pour le corgnolon, de sa provision d'eau ?
Non, je comprends aussi qu'il faut à la cocotte
Comme au canard de l'eau, de l'eau comme au bidet,
De l'eau pour le cochon et de l'eau pour la crotte.

Nos barrages, Chignol seront bientôt vidés
On dit, ça fait frémir, que les sources nombreuses
Qui descendent des flancs arides du Pilat
Ne donnent qu'un filet et se font paresseuses.
Le péril imminent, pour Saint-Étienne, est là,
Quand nous n'aurons plus d'eau, les grandes cheminées
De Barrouin, de Biétrix nous enfumeront plus
Des teinturiers du Rez, les boîtes débinées
Cesseront de lâcher au Furan leur reflux.
Du tramway te verras les vilaines machines
S'arrêter en chemin —, on rendra pas l'argent —
Les barrages à sec, c'est la mort des usines.
Il faut s'en occuper, Chignol, ça c'est urgent.

SCÈNE XIII

Guignol à la lumière électrique

Air : Pour plaire aux femmes.

Plus je vous regarde, sapristi
Et ma foi bien plus je m'explique
Tout le bien que chacun a dit
De votre lumière électrique.
Près d'vous en moi vient de s'allumer
Dans mon cœur plus d'une étincelle
Et j'sens quequ'chose s'agiter } bis
Dessous mon gilet de flanelle. }

SCENE XVI

Le capteur de chiens

Air des Hualdes.

I

Regardez bien ma figure,
Je chasse dès le matin
Les roquets et les mâtins
Que j'empil' dans ma voiture.
Tous vous me connaissez bien,
Je suis le capteur de chien.

II

Je me montre impitoyable
Pour les roquets sans collier,
Leurs maîtres ont beau crier,
Je suis toujours intraitable,
Je laisse crier les gens,
Protégé par les agents.

III

Je peuple seul la fourrière
Des chiens de tous les pays,
Que je revends à bas prix
S'ils n'ont pas d' propriétaire
Mais quand i sont z'enragés,
Je les fais vite égorger.

IV

Quelquefois dans le service
Je reçois des coups de dents,
Ça fait rire les passants,
Quand un chien me mord la cuisse,
Pour mes blessures je crois
Qu'on me donnera la croix.

SCENE XVII

L'employé d'octroi

Air du Pendu

1

Hélas quelle inique mesure,
Chacun devrait s'en indigner
Et sur mon honneur je le jure
Je ne pourrai m'y résigner
Je n'admets pas que de la sorte
On nous enlève notre emploi.
On veut donc nous mettre à la porte ?
C'est une horreur que cette loi.

II

Dès le début de ma carrière
N'ai-je pas rempli mon devoir ?
N'ai-je pas gardé ma barrière ?
Ai-je oublié de percevoir ?
Et, quand je faisais sentinelle
Les fraudeurs ont-ils pu passer ?
J'en transpire dans ma flanelle
Quand j'apprends qu'on veut me chasser

III

Faudra-t-il, infortune grande
Ne plus jamais verbaliser
Et voir passer la contrebande
Sans pouvoir m'en formaliser ?
Faut-il quitter mon uniforme,
Quitter mon képi galonné !
Puisse l'auteur de la réforme
En attraper la gale au nez.

SCENE XIX

Le nègre

Air du Petit Degourdo.

I

Nous somm' li nègres du Congo
Pi - ho ! pfiho ! petit degourdo !
Nous somm' li nègres du Congo
Venus pour la kermesse
Tout droit de notre pays,
Alli ! olli ! petit dégourdi !
Tout droit de not' pays !

II

Nous faisons la danse du dos
Pi - ho ! pfi - ho ! petit dégourdo
Nous faisons la danse du dos
Pour amuser li petites femmes
Et li petits maris
Alli ! olli ! petit dégourdi !
Et li petits maris !

DEUXIÈME ACTE

LA PRÉFECTURE

SCENE V

Arton

(Air du *Juif-Errant*)

I

Oui c'est moi qu'on appelle
Arton le juif errant,
Jadis avec un' pelle
Je ramassais l'argent
J'ach'tais des députés,
Aujourd'hui j' vends du thé.

II

Un jour les actionnaires
Du canal Panama
Voulur' fair' leurs manières
Et m' causer du tracas.
Je filai sans façon,
Avec tout leur pognon.

III

J'ai parcouru le monde
Et même l'étranger
Sur la terre et sur l'onde
On m'a vu voyager
Ce petit déplac'ment
Avait bien d' l'agrément.

IV

j' peux dir' qu' j'ai fait en somme
La noc' dans les grands prix,
Mais ni Berlin, ni Rome
Ne remplac'ront Paris
Je m' dis pour y rentrer
J' vais me faire arrêter.

V

Mais malgré ma malice.
C'est trop malin pour moi
Et toujours la police
Me fuit avec effroi ;
Dès qu'i m' voient les poltrons
Me montrent les talons

VI

Je leur donne la chasse
Sans trève, ni repit.
Mais j'ai perdu leur trace,
J'en crève de dépit.
J' suis un pauvr' banqu' routier
Qu'on refus' d'arrêter.

LE CHÉQUARD

Air des Petits Joyeux

C'est nous les chéquards.
Les petits chéquards
Les petits chéquards qu'ont touché la fort' somme
C'est nous les chéquards
Les petits chéquards
Les petits chéquards qui sont les plus chiquards.

SCENE VI

LA PREMIÈRE PIERRE DE LA PRÉFECTURE
Le marchand de marrons

I

En grand' pompe on la posa,
E I A.
Un après midi d'été,
A I E,
Et devant elle l'on fit,
A E I.
Des discours très rigolos,
E I O.
En présenc' des corps élus.
A E I O U.

II

Sur une pierre on grava,

E I A,

Les noms d'tous les conseillers,

A I E,

Puis en corps on se rendit,

A E I,

Chez l' préfet boir' le bordeaux,

E I O,

Parait qu'on a beaucoup bu,

A E I O U.

SCENE VIII

LES FLEURISTES

Guignol

Sitôt que les gaziers allument leurs quinquets

Ces mignonnes s'en vont présenter leurs bouquets,

A nos jeunes gandins qui, dans les brasseries

Avec quelques beautés, causent galanteries.

Elles savent fort bien, les petites rusées,

Que leurs fleurs, fraich' ou non, seront pas refusées

Elles vendent plus cher : on ne marchande pas,

Occupé que l'on est à lorgner des appas.

Elles guettent surtout les gens qui sont à table

Que c'en est quelquefois pas trop insupportable,

Elles ne partent pas avant que l'on ait pris

Un bouquet de deux sous, vendu dans les grands prtx.

Les plus jeunes parfois ont, au dehors leur mère

Les autres leur frangin, ou c' qui leur sert de père,

Et lorsque vient minuit, elles s'en vont coucher.....

Il en est que l'on peut à cette heure embaucher.

SCENE XI

LA CHANSON DU MINEUR

Air de : Fleur de Bitume

I

On gagne durement son pain
C'est pas drôle notre turbin
    Et ça vous mine
Mais faut bien nourrir les enfants,
Jusqu'à c' qu'ils puiss' descendre dans
    L'affreuse mine.

II

On a des moments de rancœur,
On voudrait goûter au bonheur :
    On s' met en grève ;
Mais ça ne dure pas longtemps,
On se soumet faute d'argent
    Jusqu'à c' qu'on crève

III

Parfois, cent et plus d'entre nous
Tombent, victimes du grisou ;
    Alors on pleure.
Puis des ministr' en grand gala
Accompagnent nos frèr's à la
    Dernièr' demeure.

IV

Et, malgré tout on a du cœur,
On est brave on est travailleur,
    Sans espérance !
Mais s'il le fallait, cependant,
On verserait joyeux son sang
    Pour notre France !

SCENE XV

Les Strophes du Ruban

Le Ruban

Je suis le beau ruban que les passementiers
A grands coups de battants trament sur leurs métiers
Tout fier de mon éclat, orgueilleux de ma soie,
Des rayons du soleil je reflète la joie
Et je suis trop heureux quand j'orne le chapeau.
La robe, le corsage ou même le manteau
De quelque belle fille ou d'une noble dame:
Comme vous, Messeigneurs, je vénère la femme·
On le connait partout le Ruban stéphanois :
J'ai fait le tour du monde et le ferai cent fois
Toujours plus souriant et toujours désirable.

———

Qui dira mes baisers sur la peau de satin
Et mes langueurs d'amour, sur le lit, le matin,
Parmi les oreillers, les touffes de dentelles,
Faveur rose tenant la chemise aux aisselles.
Je m'enroule souvent au buisson des cheveux,
M'énivrant de parfums. divins, voluptueux.
On m'emploie à serrer les corsets à la taille
Et j'étouffe les flancs, attendant la bataille.
Jaloux je me raidis lorsque l'heureux amant
Veut défaire le nœud : en vain je me défends.
Trop rarement, hélas ! fragile jarretière
Au dessus du mollet je vis dans le mystère.

———

Si je sers à parer les vêtements des rois
J'ai le plus grand honneur de supporter la croix.
Je suis fier de parer la poitrine d'un brave ;
Alors, petit ruban rouge, je deviens grave.
Plus modeste, on me teint quelquefois en violet.
Sur l'habit d'un savant je ne suis point trop laid.
On m'affirme qu'en vert je fais bonne figure,
Symbolique couleur de notre agriculture,...
Bref, je suis très gentil et pas du tout jaloux,
Quand j'ai cessé de plaire on me met n'importe où.
Je fournis aux patrons la fortune facile
Et je donne du pain aux tisseurs de la Ville.

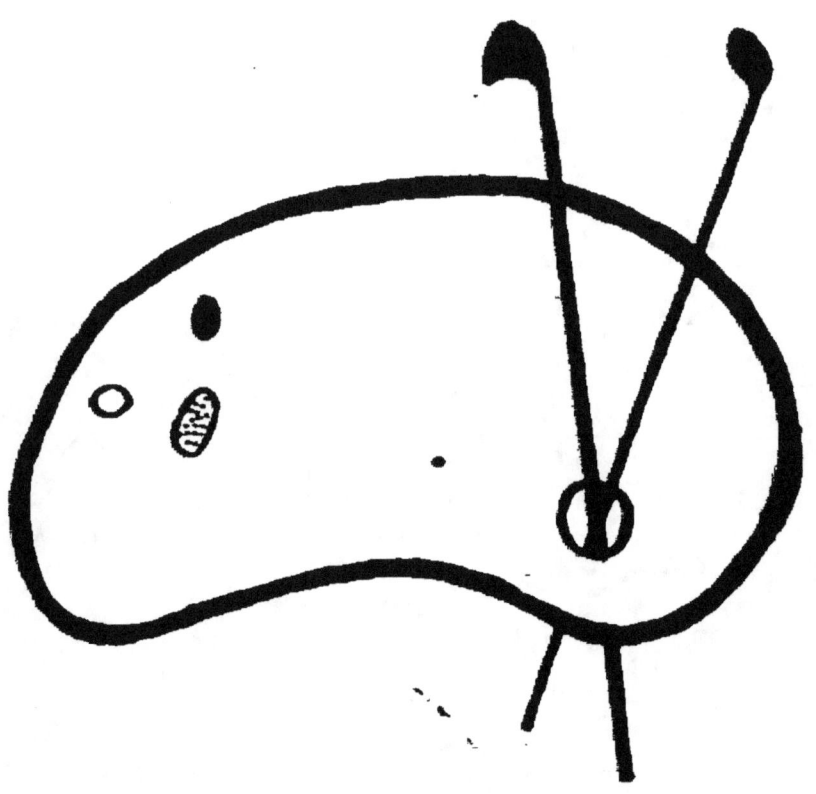

www.ingramcontent.com/pod-product-compliance
Lightning Source LLC
Chambersburg PA
CBHW061735180626
46818CB00006B/2639